BARBARA KROHN

ZEIT FLIESST HEREIN

1. Auflage 2023

94234 Viechtach Bahnhofsplatz 2a
www.lichtung-verlag.de

Umschlagzeichnung: Karin Fleischer
Herstellung: Friedrich Pustet GmbH & Co. KG, Regensburg
ISBN 978-3-941306-57-8

Barbara Krohn

Zeit fließt herein

Neue Alltagsrettungen

Mit Zeichnungen
von Karin Fleischer

edition lichtung

1

Das Lot neu auswerfen wie eine Angelschnur. Du willst nichts fangen, nicht im Trüben fischen, nur erkunden: Wie tief, wie seicht, wie bewegt geht es zu auf deiner Lebensachse? Hast du Boden unter den Füßen, wäre ein Kopfsprung denkbar, ein Tauchgang? Strudelt es dich in die Tiefe oder landest du im Kehrwasser? Das Lot bewegt sich in der Strömung unseres Lebens, in diesem Fluss, der untergründig unaufhörlich weitertreibt und uns als Beifang vertrackte Fragen vor die Füße wirft: Wo ist oben, wo unten? Wo rechts und links, was richtig und was falsch, schwarz, weiß, beides – oder nichts von alledem? Wer kennt sich da noch aus? Schon deshalb tut es not, dass wir uns einloten dann und wann, um auszuloten, wo und wie und wer wir sind.

2

Sich Zeit nehmen. Sieh nur, da baumelt die Zeit im Baum, kopfüber! Schelmisch, bereit zu fliegen – und bereit zu fallen. Schon ist sie wieder weg! Verflogen und verfallen. Wir können nichts als schauen, uns wundern: Wo zum Teufel, wo im Himmel ist sie nur geblieben? Ständig die Versuchung hinterherzuhetzen, schnell-schnell, selbst wenn wir wissen: Dieser Bus ist weg, es kommt womöglich nie ein neuer. Also warten wir an dieser Haltestelle unserer Tage. Sammeln uns und unsere in alle Winde zerstreuten Zerstreuungen ein. Und siehe da: Unversehens kommt die Zeit vorbeigeschlendert. Stellt sich neben uns, dehnt und reckt sich, macht aus Minuten Stunden und aus Stunden Wochen. Im nächsten Moment schnurrt sie wieder zusammen. Welch Schabernack! Wie sind wir ihr doch auf Gedeih und Verderb verfallen, vom ersten bis zum letzten Atemzug. In der Zwischenzeit fließt viel Wasser den Fluss hinab, schwimmen viele Lachse einen anderen hinauf. Wieder keinen Fisch gefangen? Na und? Öffnest du am Morgen deine Fenster, strömt dir aufs Neue die Zeit entgegen. Ein ganzer langer Tag im Leben! Schließ die Augen vor diesem unermesslichen Duft, lass dich füllen von diesem Licht. Es ist Zeit. Deine Zeit. Sie singt.

3

Eine Station zu weit fahren! Nicht nur, weil du den rechtzeitigen Ausstieg versäumt hast. Steig einfach nicht dort aus, wo du seit jeher auf dich wartest. Bleib sitzen, im Bus, in der U-Bahn, im Zug. Es ist ja nicht für lange, und dennoch: welch Unterschied! Ein Ausbruch aus dem Plansoll, ein kleines Abenteuer. Koste es, was es wolle – koste es aus, dieses: zu weit! Vielleicht klopft dir das Herz. Vielleicht setzt sich auf dieser Reise zur nächsten Station ein Gedanke zu dir, der dich jahrelang begleiten wird. Vielleicht gehst du dir verloren – oder du kommst zu dir und bei dir an. Begegnest unterwegs der Liebe deines Lebens! Wer weiß schon vorher, was eine Station zu weit bedeuten kann – für den Tag, für alle Fahrten, die du von da an unternimmst.

4

Ein Gedicht lernen. Inwendig und auswendig, in seinen eigenen luftigen Wänden. Es kennenlernen, Zeile für Zeile für Zeile, by heart, par cœur. Wie es klingt, auf der Zunge und unter der Haut. Sein Weg durchs Dickicht, den es unerbittlich nimmt. Wie die Worte, die Zeilen sich winden und sich der Zähmung entziehen, dieser Einverleibung in unser Gedächtnis. Besonders die ungereimten und solche, auf die sich nicht leicht ein Reim machen lässt. Kaum denkst du: Jetzt hab ich's!, hast du diesen oder jenen Vers schon wieder verlegt, wirfst die Wortfolgen durcheinander, weißt nicht weiter. Ein Gedicht so gut zu kennen, dass die Worte nicht fliehen, sich nicht entziehen, braucht Zeit. Braucht Geduld, mit ihnen, mit dir, inwendig – und irgendwann auswendig. Das Gedicht ist ein Haus, das dich schützt, ein Garten, der dich nährt, eine Melodie, immer zur Hand.

5

Ausbrechen. Mindestens einmal am Tag. Halt dich nicht fest an der Hand deiner Pflichten, Termine, Gewohnheiten, online oder offline. Reiß dich los aus dem Gespinst, das mit den Jahren um dich herum gewachsen ist, fast wie die Rosenhecke um Dornröschens Schloss. Denk dran: Wir liegen nicht in einem hundertjährigen Schlaf – und wir werden auch nicht wachgeküsst. Wir müssen schon von selbst auf den Gedanken kommen zu entwischen! Zu rufen: Heute ohne mich! Dann reißen wir uns los von der festen Hand der Vernunft, laufen weg, hinein ins Gewimmel der Möglichkeiten. Und plötzlich ist es wieder an unserer Seite: das Glück in der Angst und die Angst im Glück.

6

Die Orte deines Lebens laden dich ein, sie zu besuchen. Wo du gewohnt hast, wo du zu Hause warst, für Jahre, Wochen, gar nur für Tage. All die Rastplätze, die Nester, unter dem Dach, im Souterrain, im Glashaus, in der Hütte im Wald: Orte, die einen Platz haben in deinem Leben und du in ihnen. Sie sind wie Meilensteine, die deine Jahre säumen. In deinem Koffer mit Aufklebern aus aller Welt: das Leben, das du gelebt, die Menschen, die du geliebt, die Träume, die sich erfüllten oder verblassten. Erneut gehst du durch eine bestimmte Straße, stehst vor einem Haus, blickst hoch. Die Türen, in deiner Erinnerung kannst du sie öffnen. Du begegnest dir selbst, wer du warst, wer du bist. Vielleicht lädt ein Sessel zum Verweilen ein, bevor du weiterreist im Leben.

7

Ans Meer! Hin zu dem, was nicht Land ist und dennoch erdet. Was nicht Himmel ist und doch zu Gedankenflügen einlädt. Tiefe, die du nicht erreichen wirst, Weite, die weiter als dein Auge reicht. Bist du meeressüchtig, ist dir mit einem meerblauen Handtuch, mit einer Geschichte, die auf einer Insel spielt, nicht zu helfen. Es muss schon etwas mehr sein, und sei der Weg dorthin auch weit. Das Meer muss es sein und alles, wofür es tost und brandet, schwappt, schäumt, sich aufbäumt, um dann wieder arglos dazuliegen, höchstens ein paar Wellen auszuwerfen wie tiefe Atemzüge – ein Urzeitwesen, das mit offenem Auge schläft. Es nimmt dich auf, lässt dich tauchen, schwimmen, treiben und erinnert dich daran, dass du klein und endlich bist. Am Meer, ganz gleich an welchem, kannst du dich verlieren, leer werden. Und wie Erich Fried es fasste: nichts mehr wollen wollen. Als Pfand für eine Wiederkehr und zum Überwintern nimmst du Muscheln mit, Strandgut, den Duft nach Salz, das Geschrei von Möwen und eine Prise Sehnsucht.

8

Die Farben neu sehen lernen. Rot ist nicht allein das Rot der Korrekturen, der Fehler und der Verbote, das Rot der Himbeeren und der Liebesäpfel. Grün nicht nur das Grün der Chamäleons, unreifer Bananen, der freien Strecke. Diese Verschwendung an Grüntönen im Frühjahr, die Reifegrade der Farben im Werden und Vergehen der Zeit – wie reich und vieldeutig, wie unwiderstehlich. Meint dieses Gelb die Lebensfreude, den Raps, den Blätterteppich im Herbst? Ist das Violett dort ein Aufschrei, das Rosa ein Schlaflied, das Blau die Kühle am Morgen? Was sehen wir in den Farben und durch sie hindurch? Sie stehen für sich und doch nicht allein, sind zugewandt oder abgewandt, raumgreifend, zurückgenommen, zuweilen winzig und doch dominierend. Die Farben sind Landschaft und Familie zugleich, Möglichkeit und Unmöglichkeit in einem. Sehen wir gut hin, sie sprechen miteinander, sie sprechen zu uns.

9

Die **Boule-Kugeln** aus dem Winterschlaf holen und dann: auf in den Park, mit Freunden, Gleichgesinnten. Für ein paar Stunden dreht sich alles um den guten Wurf. Wie satt und schwer die Kugel in der Hand liegt. Undenkbar, mit ihr luftig zu jonglieren. Du holst aus, stumm, hochkonzentriert – wie gebannt auch die Blicke der anderen. Nur einer, der nicht anders kann, macht einen Spruch, und jemand anders lacht dazu. Doch das wirft dich nicht aus der Bahn, die Kugel rollt. Mag sein, ein Steinchen liegt im Weg, lenkt sie weg vom Ziel. Auch das kommt vor. Eine andere Kugel schubst deine weg, oder umgekehrt. Du kannst schreien, fluchen, lachen – es ist ein Spiel und eine Metapher. Immer spielst du mit den anderen und zugleich gegen sie, gegen dich und mit dir. Der Weg ist uneben, es geht um nichts. Am Ende gehst du froh nach Haus. Hast die Welt um dich herum für ein paar Stunden vergessen – und dich neu geerdet, auch ohne Gauloises und Baskenmütze.

10

Dein Alter Ego zausen, das andere Ufer in dir. An Zaudertagen weck deinen Mut. Stürmst du mit dreihundert Sachen von Stunde zu Stunde, empfiehlt sich ein Boxenstopp. Treibt dich ein böiges Ungestüm, gönn dir die Flaute, das Stelldichein in einer windstillen Bucht, den blauen Mond. Es altert nicht, dein Alter Ego, und altert und verjüngt sich doch mit dir. Als Schatten ist es stets an deiner Seite, als Gelbspötter baut es sein Nest im Lebensbaum, der deine Tage trägt und wiegt. Legst du dein Ohr daran und schließt die Augen, das lachende, das weinende, spürst du das Andere in dir.

11

Auf dem Rücken liegen. Auf der Bank, im Gras, auf einem Bett aus Sand. Die Augen offen halten. Nicht dein eigener Himmel unter den Lidern ist jetzt gefragt, sondern der andere, nahe und ferne: große Bühne, hoch oben in Blau mit Weiß und Grau. Und du: im Zuschauerraum, Open Air, ohne Eintrittskarte, wann immer es dir beliebt. Eine kleine große Freiheit. Du kannst ruhen und trotzdem treiben, kannst schauen, was sich nicht fassen lässt. Unsichtbare Winde, Wolkengetürm, die Fransen der Federwolken, zart und eisig, ein kreisender Milan, eine emsige Meise, überhaupt: die Kunst des Fliegens. Vielleicht bleibt dir, wenn du nach einer Weile aufstehst und gehst, inwendig ein Staunen. Es begleitet dich durch den Tag.

12

Ich möchte einfach alles sein! Da ist er wieder, dieser Ruf. Von ganz tief unten kommt er, von weit her, zaghaft, zögernd. Wie ein Echo aus einer lang vergangenen Welt, als du noch Schwimmhäute hattest, Flügel, die Scharfsicht eines Adlers, die Weisheit einer Eule. Alles sein – unmöglich, das geht ja gar nicht! Das kann und darf man nicht! Ein Wunsch aus frühen Jahren, vernünftig aberzogen, zurückgeschliffen auf ein moderates Maß. Du bist du und ich bin ich: Schuster, Schusterin, bleib bei deinen Leisten! Schneider, Schneiderin, der Mensch kann nicht fliegen. Ich will aber! Wie belebend, wenn dieser trotzige Protest sich ab und zu in uns regt. In der geballten Faust ein ungebändigter Fundus an Lebenslust, Entdeckerfreude, Guck-in-die-Luft und Der-Nase-nach. Öffne die Hand, lass deine Wünsche fliegen.

13

Schweigen. Ton aus. Bitte. Danke! Endlich! Längst ist alles gesagt und wird doch pausenlos gedreht und gewendet, wird durchgeknetet, gedehnt und verkürzt und ungefragt hinausposaunt: ein Dauerkonzert der in die Welt geworfenen Mitteilungen, Meinungen, Nachrichten, Fake oder nicht. Keine Nichtigkeit ist nichtig genug, um nicht in Worte gekleidet zu werden, mal in löchrige Hosen, mal in glitzernde Abendgarderobe. Rund um die Uhr belagert die Welt unser Gehör. Dringt ein ins Elementare, ins Denken und Fühlen. Genug gelärmt! Lasst uns schweigen, damit wir uns wieder hören und alles Gesagte unter dem Nicht-Gesagten verstummt. Wie langsam die Zeit durch das Stundenglas rinnt. Wie wohltuend, auf diese Weise zusammen zu sein und doch: allein.

14

Einen alten Hut aufsetzen, der lang in einer Kiste lag, unbeachtet, denn seine Zeit war um. Vorsichtig kramst du ihn hervor, bläst den Staub der Jahre weg. Das weiße Kaninchen, das früher in ihm wohnte und dich immer neu zum Staunen brachte – es ist fort, hat wohl inzwischen graue Haare. Auch die zu jedem Schabernack bereiten Meisen sind lang schon ausgeflogen. Es war nicht anders zu erwarten. Du setzt den Hut auf: Er passt wie eh und je. Auch dein Gesicht, es passt dazu. Du seufzt, schließt kurz die Augen – und als du sie wieder öffnest, lächelt ihr euch an. Zwei alte Hüte auf Verjüngungskur! Denn nicht nur jedem Anfang wohnt ein Zauber inne.

15

Die Füße in den Wind legen, den milden, den wilden. Alle zehn Zehen an die Luft setzen, die eingeprägten Wege gleich dazu. Was wird nicht alles Schritt für Schritt trabauf, trabab zwischen Sohle und Boden geplättet, verpresst, zerrieben – abends triumphal das Verkünden der Schrittzahl: Bestzeit! Gönnen wir uns eine Auszeichnung anderer Natur: den leichtfüßigen Müßiggang. Wenn sie nichts mehr tun müssen, unsere Schleppkähne, befreit von Tragen und Lasten. Endlich sind sie an der Reihe: an der Tränke der Luft. Dürfen faul herumliegen, umspielt vom Potential der Ruhe. Unter den Fußsohlen spürst du ein Kribbeln, wie schmelzender Schnee nach einem zu langen Winter. Die Füße tauen auf, recken und räkeln sich – und sie lächeln.

16

Am Ball bleiben, unbedingt. Selbst wenn die Niederlage droht. Nie geht es immer nur aufwärts, selbst die Sprossen der Himmelsleiter sind gezählt. Der Paternoster macht es vor: dass es sie gibt, die Kehrtwende, immer wieder. Torlose Zeiten bringen nicht nur Wahrheiten ans Licht, sondern auch Schattengewächse zum Erblühen. Der Ball rollt nur, weil er rund ist, und geht ihm die Luft aus, ist es ratsam, sie nachzufüllen. Verlieren wir ihn nicht aus den Augen, bleiben wir dran, in jedem Fall, bei jedem Seelenwetter, geduldig, beharrlich. Vielleicht gibt es in Wirklichkeit keine Niederlagen und auch keine Siege. Keinen Himmel und keine Hölle. Sondern nur das: dich, mich, uns – und das Spiel, das Leben heißt.

17

Viele Wege gehen. Nicht alle auf einmal natürlich. Links der Norden, rechts der Süden, je nachdem, wie du dich drehst und wendest, und du gehst und drehst und wendest gern. Da sind die rauen Pfade und die sanften, am Wegrand Blumen, Wildwuchs, Kräuter, Bäume, die zum Klettern rufen. Gewiss, das Stolpern bleibt nicht aus, es gibt öde Strecken, Sackgassen. Zuweilen Gegenverkehr, Gegenwind, überhaupt viel zu viel gegen. Nicht jeder Weg ist einer, der allein gegangen werden will. Manch einer führt durch Dornenranken und Vergessen, blinde Flecke, grimmiges Gestrüpp. Hier waren deine Vorfahren unterwegs von Land zu Land, im Schritt ihrer eigenen Zeit. Ob sie an deiner Seite sind, unsichtbar, lotsend, schützend? Wer weiß. Unendlich weit und tief spannen sich die Himmelsrichtungen jedes Lebens.

18

Auch **im Kleinen zuhause sein.** In den kleinen Dingen, die im Windschatten des Scheinwerferlichts wohnen, in Traumrandgedanken, bei den Mauerblumen. Auch die Gefühle tun gut daran, nicht unablässig groß und mächtig aufzutrumpfen. Doch wer ist schon gern klein – außer Schneewittchens Zwergen. Bliebe Alice groß, könnte sie nie durchs Türchen passen, nie den Hutmacher kennenlernen, die Zeit anhalten und ein ganzes Reich von der Herrschsucht befreien. Klein zu sein kann Welten öffnen. Die Ameise macht es vor, die Biene, die Hummel. Und weil wir viele sind auf dieser Welt, sind Tiny Houses groß im Kommen. Es gibt noch Platz – für das Kleine und für das Große, das im Kleinen steckt.

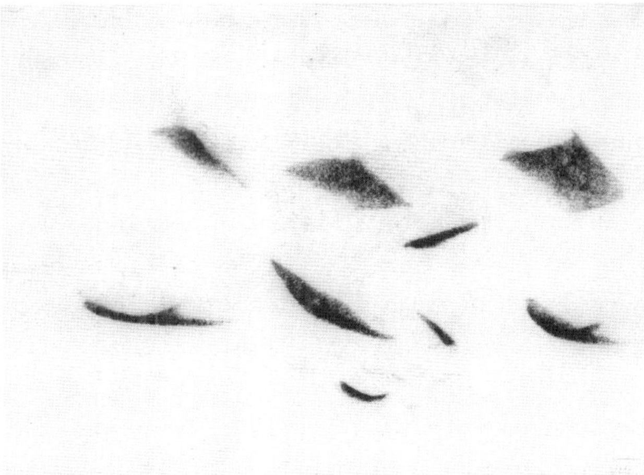

19

Auf den Steg hinaus. Übers Wasser gehen, bis es nicht mehr weitergeht. Bis die Bretter dieser Welt enden und mit dem nächsten Schritt eine andere Dimension beginnt. Dazwischen: eine Kluft aus Luft. Die Verlockung zu springen, einzutauchen mit Haut und Haar und allen Kleidern. Du stellst dir vor, du wärst Frau oder Herr Guck-in-die-Luft: das Bein schon gehoben, gleich wirst du fallen. Doch warum so kompliziert? Wieso nicht einfach stehen bleiben, wo der Steg endet? Nicht weitermüssen und nichts weiter müssen. Nur da sein. Blicke auswerfen über den See. Dein Fang: das Spiel von Licht und Schatten auf dem Wasser. Dein Beifang: Stille, Seelenfrieden, Glück. Und niemand muss dabei sein Leben lassen.

20

Lass uns spielen. Ich sehe was, was du nicht siehst – ich höre was, was du nicht hörst – ich spüre was, was du nicht spürst. Ein Ratespiel, ein Zeitvertreib. Ein Gummitwist der Empathie: ich und du, von mir zu dir, parallel und über Kreuz. Ab und zu verheddert sich das Band, es leiert aus oder reißt. Dann wird es neu gesponnen, neu verknüpft. Ich frage dich: Schmeckt dir das Salz der Erde? Du fragst zurück: Welche Farbe, welchen Klang hat der Sommer deiner Kindheit? Mit allen Sinnen die Welt befragen und begreifen, das wär's. Uns Schritt für Schritt vorwärts tasten, um einander zu begegnen. Aus deiner Sicht und aus meiner. Bei allen Unterschieden, in aller Vielfalt.

21

Freundin sein. Durch dick und dünn, durchs Nadelöhr und jedes Dickicht. Die Zickenzeit ist lange schon vorbei, auch der erste und der zweite Rausch des Lebens – Passagen. Freundin sein der Freundin, die sich im Schneckenhaus verkriecht; einer zweiten, die vorgibt, sie sei sich selbst genug; einer dritten, die mit leeren Händen dasteht und es nicht einmal ahnt. Freundschaft ist ein Augenblick für immer und überall, aus der Nähe wie aus der Ferne. Eine Wegwarte, die auch nach Dürretagen, sobald nur ein paar Tropfen fallen, neue blaue Blüten zeigt. Ich bin zäh, sagt sie, ich halte durch. Zwanzig, dreißig, vierzig Jahre sind vergangen, fast im Handumdrehen: Ihr seid und bleibt verbunden. Alles ist gewonnen, nichts verloren. Hauptsache, du bist Freundin. Nicht zuletzt dir selbst. Auf Lebenszeit.

22

Vom Eckig-Runden. Alles läuft, rund oder unrund, und wenn es nicht läuft, bringst du es zum Laufen. Wenn es zu glatt ist, schleifst du es eckig, und ist es zu eckig, drehst du es rund. So ist dein Leben, eine Runde und noch eine Runde. Aber alle zehn Jahre kommt dieser Tag vorbei, an dem du einfach nicht vorbeikommst. Großkotzig steht er rum, dieser Geburtstag, und gafft: rundgefressen an Jahren, versperrt er den Weg und will auch noch dafür gefeiert werden. Schon treffen die Gäste ein, die Erinnerungen: alles, was war, was bleibt, was in dir Rang und Namen hat. Eine Art Familientreffen, vom abseitigsten Abenteuer bis zum schillerndsten Glück. Was für ein Gedrängel auf dem Parkett deiner Jahre, alles will gesehen werden, schreit, krakeelt. Bis es dir zu bunt wird! Du rettest dich auf deine Bank vor dem Haus, chakarot gestrichen oder klausblau oder trudelgrün. Da sitzt du dann und blinzelst in den Nachmittagsmond deines Lebens. Stellst dir kurz, ganz kurz nur vor, es gäbe einmal nichts zu tun: alle Lieben versorgt, alle Bilanzen balanciert, alle Fäden verknüpft, alle Treppen und Brücken gebaut, alle Bäume gepflanzt, alle Türen frisch gestrichen und die Fenster weit geöffnet. Nichts muss mehr – und du musst nichts. Undenkbar, denkst du mit einem Lächeln: vielleicht beim nächsten großen Runden.

23

Am offenen Fenster sitzen, auch im Winter, wie auf einem Hochsitz. Weit der Blick, weit Herz und Gedanken. Du tagträumst vom Wald, vom Fluss, von Dörfern – Böhmen liegt immer am Meer. Hier bei dir beginnt das Grenzland. Du siehst schlaglochgemusterte Straßen, unwirsche Fassaden, blühende Gärten, einfache Gasthäuser. Überhaupt viel Einfaches, Früheres, Unbegradigtes, nur einen Zwiefachen entfernt: Hier und Dort. Hier am Fenster, dort am Horizont. Hier am Schreibtisch, dort unterwegs im Land hinter der Grenze, dem Ende der einstigen westlichen Welt. Du kreuzt die sichtbaren und die verborgenen Pfade der Geschichte, liest in Blicken und Gesten, webst neuen Reisestoff fürs Leben. Und nachts hörst du von deinem Hochsitz die Fische in der Otava, sie singen Hrabal'sche Lieder. Das Leben hörst du, das Gestern, das Morgen, so fern, so nah.

24

Seite an Seite durchs Alltagsleben. Immer mehr Menschen, die von uns gehen von Jahr zu Jahr, unversehens, unaufhaltbar. Manchmal, wenn wir es am allerwenigsten erwarten, winken sie uns von drüben zu. Mosaiksteine für den kleinen Grenzverkehr des Gedenkens: das Kochbuch mit den vergilbten Seiten, darin Bleistiftkommentare deiner Mutter. Ein Gedichtband, den du aus dem Regal ziehst: Schon springt dir die Widmung entgegen, und beim Blättern entdeckst du einen Vers, den der Freund einst unterstrichen hat – eine Botschaft, für dich? Das Bild rechts neben der Tür, immer wieder landet dein Blick bei diesem besonderen Gelb, vital und sanft zugleich: Es birgt das Lachen einer Freundin. So haltet ihr den Kontakt, bleibt im stillen Gespräch. Die Toten unseres Lebens begleiten uns, auch wenn wir nicht an sie denken.

25

Die Landkarte deines Lebens neu vermessen. Ausgebreitet liegt sie vor dir – ihre Wege, Umwege, ihre Abgründe und Höhenzüge. Ist sie noch maßstabsgetreu? Was ist geschrumpft, welcher Ort fehlt, welche Himmelsrichtung kam neu hinzu? Stehen heute Lagerhallen dort, wo in der Erinnerung noch immer Felder sich dehnen bis an den Horizont? Windräder rücken näher, Nachbarschaftsgärten blühen und gedeihen, wo einst Blechkarossen grasten. Die Welt verschiebt sich unentwegt und mit ihr deine Sichtachsen, Hörachsen, Denkachsen. Ist an einer Stelle kein Durchkommen mehr, öffnen sich anderswo neue Räume. Selbst das aktuellste GPS kennt nicht die Koordinaten dessen, was das Leben alles in petto hat. Zum Glück!

26

Den Zauber bewahren, der das Leben durchwirkt. Die Fäden nicht golden, nicht silbern – unscheinbar leuchtend, wenn man so will. Der Zauber der Tage, der Zauber der Nächte und von Berg und Tal und Stadt und Land und Alt und Jung und jedem und allem dazwischen: Dämmerungen, Bahnübergänge. Es muss nicht das große Rambazamba sein, das uns bewegt – jeder Mittelweg birgt eine kleine Revolte. Wir dürfen nur nicht so tun, als wären wir abgebrüht, längst über alle Zauberberge hinaus. Seien wir realistisch: Lassen wir uns verzaubern.

27

Das Machbare – machen oder nicht machen? Das Jahrzehnt der Macher lacht uns an, an jeder Straßenecke, in jedem Werbezipfel, fordernd, herausfordernd: Packen wir's an – wir packen das! Das wird ja wohl noch machbar sein?! Doch wenn jemand beim Mitmachen nicht mitmachen will? Keine Lust hat, die Ärmel hochzukrempeln? Sich schlichtweg weigert, die Tage und Stunden und Minuten in einer nimmermüden Abfolge von Aktivitäten zu zermahlen? Die Großmutter, nach ihrer Meinung zu diesem oder jenem Plan befragt, pflegte zu sagen: „Wennste willst, kannste weinen, wennste willst, kannste lachen, wennste willst, kannste machen, waste willst!" Ein Familienwort mit Flügeln. Ein Freibrief. Weinen, lachen, sogar nichts machen: alles machbar. Na, dann los! Mach schon!

28

In den Wald! Raus aus den vier Wänden, auch im Kopf! Auf zur Entschlackungskur der Sinne! Schritt für Schritt hinein ins polyphone Grün, ins Stämmig-Filigrane – schon nadelt der Alltag von uns ab. Durch das Blattgefieder und die Zweige sprüht Licht, aber alles Grelle zieht sich über das Baumkronendach zurück. Die Blicke können sich wieder weiten. Unter den Füßen ein Federbett aus Moosen, Flechten, Blättern, Nadeln. Passagen aus Zweigwerk, Zapfen, Rinde, darin Käfer, Würmer, Larven, Spinnen. Es knackt, kreischt, raschelt, klopft. In der Luft liegt der Duft nach Harz, Pilzen, frischem Holz und stetem Wandel: nach Wald eben. Seinem Werden, Wachsen, Vergehen und Sich-Verjüngen. Er nimmt uns auf und für sich ein, fast so, als wären wir ein Teil von ihm.

29

Der Alltag der anderen. Es gibt ja nicht nur einen Alltag für alle und für alle Tage. Nie ist er gleich, täglich wechselt er sein Gesicht. Die Welt verdurstet und ertrinkt zugleich, die Welt hungert und überfrisst sich, brennt und bläht sich und feiert und weint. Und wir – leben am Rande des Abgrunds mittendrin. Der Alltag der anderen ist nur einen Augenaufschlag, einen Gedanken von uns entfernt. Täglich steht er am Bett, in dem wir schlafen, am Tisch, von dem wir essen. Die Nachrichten buchstabieren das Alphabet der Kälte: Armut, Bombenangriffe, Cholera, Dürre, Exil, Flucht und so weiter von G wie Gewalt bis Z wie Zerstörung. Wir wissen, die Waage neigt sich – und wissen und können doch zu wenig. Was wir aber können: hinsehen, hinhören, im eigenen Alltag den Alltag der anderen nicht vergessen.

30

Es ist genug! Ein Ruf, aus Leibeskräften, adressiert an die Welt um uns herum, sich endlich mal zu setzen. Auf Bänke, Mauern, Treppenstufen, Wiesen, auf eine Böschung, einen Ast, den Dachfirst oder hoch aufs Kirchendach. Sitzstreik auf einer Wolke, die vorbeizieht. Denn wenn wir es im Innehalten kurz bedenken: Ist es nicht längst genug? Genug gesagt, getan, gekauft, gehört? Wir Leichtathleten Zweipunktnull müssen nicht ständig schneller, weiter, höher springen, werfen, laufen, wie in der Schulzeit auf dem Sportplatz. Wir dürfen uns unaufgefordert setzen, ohne Benotung – und alles, was unablässig in uns rotiert, setzt sich dazu. Denn wenn sich nichts setzen kann und ruhen, geht auch nichts voran. Kaffeesatz, umgerührt? Ungenießbar. Unentwegtes Gedankengestöber? Niemand blickt mehr durch. Verschreiben wir uns regelmäßig eine Portion Genug. Genug ist genug. Was für eine Genug-Tuung!

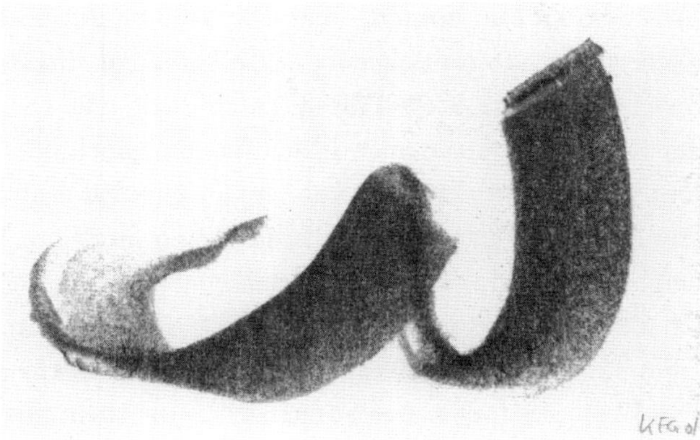

31

Vom Suchen und Finden – oder eher vom Finden und Suchen? Was kommt zuerst? Wer nicht sucht, findet nicht etwa nichts. Vieles fällt dir zufällig in die Hände: der Kinderlöffel aus deinen frühen Jahren, gleich blättern sich Geschichten in dir auf. Der Seidenschal, lange schon vermisst gemeldet, liegt weit hinten im Dunkel deines Schranks. Du suchst nach einem ganz bestimmten Buch, findest die leere Schutzhülle eines anderen. Jedes Fundstück ist es wert, freudig begrüßt zu werden. Pippi Langstrumpf hat es vorgemacht. Auch wir sind Sachensucher, wir finden und suchen ein Leben lang: Muscheln, Steine, Treibholz, Beeren, Hühnergötter – Freundschaften! Wir suchen nach den richtigen Worten, nach der verlorenen Zeit, nach unserem Weg. Was wir finden, wird sich zeigen.

32

Vorlesen. Eine Geschichte, ein Märchen, ein Gedicht. Zeilen aus dem Buch des Lebens, das ständig neu geschrieben wird. Sprechen wir die Worte aus, kleiden wir sie ein – in ein Stimmgewand, eine Melodie mit Höhen, Tiefen, Tempi, Pausen. Wer vorliest, hat die Geschichte in der Hand und reicht sie zugleich weiter – wer zuhört, nimmt sie entgegen. Manchmal sind wir allein und doch zu zweit: ich und ich, wir lesen uns vor und hören uns zu. Das Wunder: Beim Vorlesen können wir alles um uns herum vergessen, den Raum, die Zeit – uns selbst. Dann schweben zwischen mir und dir und mir nur noch die Worte, aus denen die Geschichte gesponnen wurde. Die Bilder, die sie freisetzt. Eine Zauberkugel auf Zeit.

33

Den Lebensweg stimmen, Saite für Saite deiner Instrumente. Was stimmt noch, was klingt anders als vor Zeiten? Welcher Klang ging unterwegs verloren? Welche Harmonien machten sich klammheimlich aus dem Staub, kamen gar unter die Räder? Wir wissen, nichts bleibt, wie es war, nicht nur in Büchern, in Filmen. Unerwartet bäumt ein Tag sich auf, fällt ein Jahr in sich zusammen. Eine Schieflage am Horizont. Ein Mensch, den wir verlieren. Eine Hoffnung, die zerstäubt. Von einem Augenblick zum nächsten kann alles anders sein – jähe Misstöne, Unwohlklänge, anschwellende Rhythmusstörungen, und nichts stimmt mehr. Dann ist es an der Zeit, den Kontrabass nachzustimmen, der zweiten Geige mehr Raum zu gönnen, den Seitensprüngen der Querflöte zu lauschen. Jetzt gilt es, dich wieder einzustimmen auf deinen Weg durchs Leben.

34

Ohne Wenn und Aber durch den Tag. Das klingt einfach, aber: wie schwer es ist. Denn sofort ist er zur Stelle, der Einwand, wie eine Hand, die Einhalt gebietet: Stopp! Nicht weiter! Etwas in uns fordert, auch die Kehrseite der Medaille in Betracht zu ziehen, das Eine, aber auch das Andere. So sind wir groß geworden. Mit Für und Wider, Pro und Contra, Rede und Gegenrede. Mit dem Wenn der Möglichkeiten und dem Aber der Gegenargumente. Wenn aber die Kunst des Abwägens zur Falle wird? Wir uns nicht entscheiden können vor zu viel Wenn und Aber, hin- und hergeworfen wie ein Gewitter zwischen Höhenzügen? Dann könnten wir die Münze werfen: Kopf oder Zahl. Oder Wenn und Aber an die Hand nehmen. Und den eigenen Weg gehen, sobald es aufklart.

35

Fremdgehen auf vertrauten Pfaden. Stell dir vor, du wärst eben erst angekommen, in dieser Stadt, diesem Landstrich, diesem Dorf. Gewiss ist nur: Du kennst dich nicht aus, bist neu und fremd. Wo geht es lang? Erste Querstraße rechts, zweiter Feldweg links? Wohin führt diese unscheinbare Tür, dieser schmale Durchgang, diese Treppe? Alle Wege liegen offen vor dir wie noch nie beschritten, alle Blicke werden ausgeworfen wie zum ersten Mal. Es ist ein Tasten, ein Erkunden. Dein innerer Kompass richtet sich neu aus. Du bist auf dich allein gestellt, kannst dich auf Schritt und Tritt wundern, staunen. Mag sein, es ist ein Spiel, ein Trick der Vorstellungskraft. Aber wie wohl es tut, endlich mal wieder fremdzugehen – eine durch und durch vertrauensbildende Maßnahme.

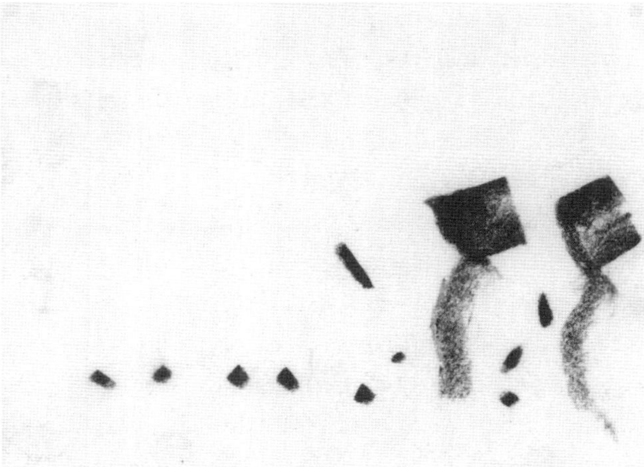

36

Die Katze in deinem Leben. Sie braucht nicht viel: immer einen Weg ins Freie, hinter dem Fenster einen Himmel mit Wolken und Licht, Bäume zum schwindelfreien Wipfelstürmen. Nachts, wenn du schläfst, wenn dein Leben mit Katzenpfoten und manchmal auch Krallen auf Traumpfaden mäandert, ist sie ein Ort der Wärme am Fußende deines Daseins. Du kannst dich also getrost verirren und wiederfinden – längst wächst dir Lebenskünstlerin das Fell der Formen und Farben. Tage, Wochen später fließen sie in deinen Pinsel. Ein Innehalten vor der Leinwand: Die Katze streicht dir um die Beine. So ist es gut. Ein neues Bild entsteht, nie dagewesen. Du öffnest die Tür. Zeit fließt herein, deine Zeit. Sie schnurrt.

37

Eintauchen, am liebsten ins Wasser: dein Element. Dein Zuhause im Auf und Ab, Hin und Her, im Strudeln und Strömen, Kreiseln und Treiben, Wirbeln und Schwimmen, Stranden und Landen. Sogar im genussvollen Untergehen. Unter Wasser verlieren sich die Gewissheiten. Was oben laut ist, klar umrissen, verschwimmt im Gurgeln und Glucksen – eine Wassergöttin, die lacht. Hier kehrst du für kurze Zeit zurück zu deinem Ursprung: zum Werden und Wachsen in der Wärme des Mutterleibs, zum Klopfen ihres Herzens, dem Pulsieren dieses anderen Seins, das du bist und zugleich nicht. Das Wasser, es trägt dich. Und du lässt dich tragen, unterwegs im Strömen und Fließen zum großen Meer. Immer wieder tauchen Barrieren auf, Engpässe, Wehre, die deinen Lebensfluss stauen, dann schwimmst du eben eine Weile auf der Stelle. Aber du weißt ja: Nichts ist für immer und alles immer im Fluss.

38

Du Reisender. Kopfüber und Down Under, im Rucksack Fernlust, deine Musik, ein paar Bücher. Das Notwendigste: zeitweilig eine Brotbackmaschine. Unter dem Arm das Surfbrett, hinter den Augen, was du unterwegs einfängst, Horizonte, Begegnungen. Du wartest auf Wellen und manchmal erwischst du die richtige. Das Auf- und Abtauchen von Walen, beim Wandern die Weite, die Farben, die Stille, die Steine im Schuh, der Nebel am Morgen: All das gehört dir. Licht wie Schatten. Du, Reisender, füllst dich mit Spuren, deinen eigenen und denen anderer. Sie tragen dich durch die Zeit. Du kannst darin lesen. So ein Glück!

39

Die eigene Stimme. Wir kennen sie seit dem ersten Atemzug, sind mit ihr auf Ich und Ich, auf Du und Du. Nonstop ist sie im Einsatz, hält uns in Verbindung mit der Welt. Wir lernen sprechen, lernen Sprachen, werfen mit Worten um uns den lieben langen Tag, reden, diskutieren – am Abend sind wir heiser, reden dennoch weiter, noch im Schlaf. Wie können wir uns sonst verständlich machen? Etwa mit Gesang? Einer anderen Tonart, viel mehr Dur, mehr Moll? Vielleicht sind unsere Stimmbänder aus der Übung, ein wenig steif geworden, die ersten Töne voller Rost und Staub. Geduld! Man fängt ja auch nicht aus dem Stand zu sprinten an. Nach und nach wird die Stimme warm. Der Kopf, das Herz, der ganze Körper füllt sich mit Gesang – einem Klingen, das den Alltag übertönt und für kurze Zeit zum Schweigen bringt.

40

Nichtstun. Einfach kurz mal blöd schauen – oder aber ganz und gar nichtblöd. Kein Blick ins Smartphone, kein Wischen, Scrollen, Tippen durch dieses verführerische Universum, das in eine Hand passt und viele Welten birgt und Wünsche. Um hinterherzukommen, mitreden zu können, dabei zu sein, bist du immerzu aktiv, tagaktiv, nachtaktiv, proaktiv. Nichtstun geht anders. Einfach nichts machen. Den inneren Motor abschalten. Bedingungslos da sein, ohne Ziel und Zweck. Schauen, mit offenen oder geschlossenen Augen, vor sich hin oder in die Weite. Vielleicht steigt von innen Unruhe hoch, weil der Tatendrang sich meldet – er ist es nicht gewohnt, auf Tauchstation geschickt zu werden. Denn Nichtstun ist vor allem eines: nichts. Es erklärt sich aus sich selbst, ist so leicht zu lernen und fällt doch so schwer.

41

Die Welt **mit anderen Augen sehen.** Stell den Blick neu ein, die Linse, dein subjektives Objektiv. Verlass die eingescannten Pfade. Borg dir den Blick des Nachbarn und der Fremden, den des Silberreihers, des Eisvogels, der Forelle, der Katze, der Postbotin. Wie viele Spielräume sich öffnen! Momentaufnahmen, unerwartet, unzensiert, ungeschminkt. Der Kiesel ist ein Kiesel ist ein Kiesel und ist doch jedes Mal neu. Deine Blicke sind deine Blicke sind deine Blicke – und können dennoch ganz anders. Wirf sie aus, sei neu und gierig: auf alles, was du immer schon vor Augen hattest, was du sahst und doch nicht sahst. Nenn es: Leben. Schnittstelle zwischen Gestern und Heute. Oder einfach: Augenblick.

42

Alt und Jung, Seite an Seite: ein Stelldichein in den Auen am Fluss. Die Welt ist wie neu, wie nie gesehen. Hör nur, ein Zirpen und Zwitschern weht durch die Luft, es duftet nach Gras und Grün. Dicht über dem Wasser flirren Libellen, ein Trupp Gänsesäger zieht vorbei. Sieh nur, der Biber hat seine Burg verstärkt, und drüben am Ufer, auf dem toten Ast, steht reglos auf einem Bein der Graureiher, ein alter Bekannter. Jetzt hebt er ab, öffnet die Schwingen, dreht eine Runde. Ein Schwappen, ein Platschen, ein größerer Fisch? Schon wieder weg, wie nicht gewesen. Plötzlich blitzt etwas leuchtendblau auf: Pfeilschnell saust ein Eisvogel die Flussschneise hinunter. Wie frei er ist! Ihr haltet die Luft an, verzaubert. In den Auen verliert sich die Zeit, hier ist alles in einem Atemzug jung und alt. Und beide wisst ihr: Dieser Ort, dieser Moment, geht euch niemals verloren, was immer geschieht, wohin ihr auch geht.

43

Alte Freuden neu entdecken! Mit dem Fahrrad nachts durch leere Straßen. Tanzen bis zum Morgengrauen, in den eigenen vier Wänden. Ein Buch beginnen und nach kurzer Zeit vor Glück nicht weiterlesen können. Arm in Arm mit einer Freundin gehen, zusammen lachen, albern sein, als wärt ihr viele Jahre jünger. Am Meer eine Sandburg bauen und nicht einmal am fernsten Horizont zu denken, sie könnte nicht von Dauer sein. Sobald du anfängst die alten Freuden aufzuspüren, ist kein Halten mehr: kein Macht-man-nicht!, kein Geht-nicht-mehr! Was du liebtest, sogar ohne es zu wissen, geht nicht verloren.

44

Menschen gibt's, die brauchen **keine Alltagsrettung.** Vielleicht kennen sie keinen Alltag. Vielleicht sind sie Virtuosen in der Kunst der Lebenskunst und wollen alles, aber nicht gerettet werden. Wovor auch und wozu? Wenn überhaupt, dann retten sie sich selbst: vor Routine im Einerlei, vor Dribbeln im Allerlei – auch wenn dabei zuweilen die Kerze an beiden Enden angezündet wird. Mit Leib und Seele, mit Haut und Haar sind diese Lebenskünstler verwoben mit ihrem Tun und Lassen. Den Ton gibt an: die Phantasie. Sie bringt zusammen, was fast undenkbar scheint: Gegensätze, Widersacher, Worte, Ideen. Wer dirigiert, bringt sogar Gurken zum Glühen und Geschichten zum Tanzen auf alten Tapeten. Wer zuschaut, lässt sich anstecken. Denn so gesehen ist das Leben eine Feier, nicht nur der Natur.

45

Übersetzen, von einem Ufer zum anderen. In einer Zille, die vielleicht ein wenig morsch ist, auf einem Floß, einer Fähre. Hin und her, her und hin. Sich nähern, anlegen, landen, sich wieder entfernen. Du weißt, von drüben sieht manches hüben anders aus: ein guter Grund, um immer wieder neu die Überfahrt zu wagen. Wer sich aufs Übersetzen einlässt, ist für Lebzeiten unterwegs: zwischen Welten, Ländern, Menschen, Worten, Sprachlandschaften. Tastend, neugierig, fragend. Da muss immerzu getüftelt, entziffert, entschlüsselt werden: Was ist gemeint, was falsch gedeutet, was stimmt, was ist zu eng, was zu weit? Was sehen wir anders als die anderen, was sehen sie anders als wir? Wie wunderbar – und gar nicht so selbstverständlich: Wir können uns besuchen, wir können übersetzen. Trick siebzehn! Hätten die Königskinder das nur schon gewusst!

46

Weite Tage, enge Tage. Manche Tage sehen groß aus, aber sie sind viel zu klein. Die Maschen sind zu eng, die Fäden haben sich verheddert, gar verfilzt. Diese Tage drohen schnell aus allen Nähten zu platzen, wie ein Pullover, der zu heiß gewaschen wurde – und du steckst mittendrin! Was tun? Ziehen, zerren, eine Schere nehmen, sich den Tag vom Leibe reißen? Zwei draus machen? Warum nicht. Und siehe da, hokuspokusfidibus und dreimal schwarzer Kater: Eins geteilt durch zwei ist nicht immer die Hälfte. Aus einem zu engen Tag können zwei weite Tage werden. Aus eins mach zwei. Der Pullover ist in diesem Bild natürlich nicht mehr zu gebrauchen. Doch wozu auch? Hauptsache, die Lebensfäden bekommen wieder Luft.

47

Ruhestand. Pensioniert. Rente. Was nun? Morgens lange schlafen, jeden Tag Frühstück im Bett mit Spiegelei und Wochenblatt? Finnisch, Japanisch, Niederländisch lernen, die Kunst des Brotbackens, die Kunst ein Fahrrad zu warten? Die innere Unruhe zähmen? Den Keller aufräumen, das Konto der guten Taten auffüllen? Oder endlich, endlich das Buch schreiben, auf das die Welt nicht wartet – aber du!? Auch der Ruhestand will gelernt sein – und der Kopfstand gleich dazu, damit das Bild der Welt sich immer wieder neu verrücken kann.

48

Wenn's eng wird, **den kleinsten Koffer packen.** Er wiegt nicht viel und doch passt alles rein, was du gerade brauchst: Rosenblüten, Traumpfade, alte Schlüssel, selbstvergessene Momente. Auch Weinen und Lachen, nicht zu vergessen die Zufälle in deinem Leben. Irgendwo stellst du den Koffer dann ab und setzt dich daneben. Am Hafenkai, an den Gleisen, auf einer Parkbank, mitten im Gewimmel von Tag und Nacht. Wo immer du den Koffer hinträgst – und er dich. Die Worte finden dich von selbst, du schreibst sie auf: in ein Heft, ein Buch, auf den Rand einer Zeitung, auf Tische, Bänke, Stühle oder gleich in dein Herz. Es wird weit, hier bist du frei.

49

Die Spuren auf unserer Haut. Was das Leben uns aufprägt, seit dem ersten Atemzug, jede Berührung, jeden Kontakt mit der Welt. Unter den Fußsohlen: Sand, Gras, Pflastersteine. Die Wangen: im Wechsel der Gezeiten, von Sommersonne erhitzt, von Eisblumen gekühlt. Was wir zwischen den Fingern hatten: Knetmasse, Schulhefte, Lakritzstangen und Lenkstangen, Computermäuse, Hände, so viele geschüttelte Hände, deine Haut, meine Haut. All die Falten und Narben, die blauen Flecke, wenn wir stolpern, gegen Hindernisse prallen, die sich mitten auf dem Lebensweg platzieren. Die Spuren auf unserer Haut sind unsere Tattoos, unsere Sternbilder – nur wir selbst können lernen, sie zu deuten, in ihnen zu navigieren.

50

Hundert Jahre Eigensinn. Nur mit Eigensinn ist das zu schaffen! Die hundert Jahre sind ein Klacks, ein Augenaufschlag in der Ewigkeit – aber der Eigensinn? So eigen, icheigen, ureigen, zuweilen unbequem, anderen oft rätselhaft erscheinend. Schnell wird er zum Hindernis erklärt, das es einzuebnen gilt. Wie sinnlos, wie vergebens! Denn der Versuch, den Eigensinn mit sich selbst zu entzweien, stärkt nur seinen Widerstand. Ist er doch verwandt mit dem Unsinn, dem Widersinn, dem Hintersinn – eine unwiderstehliche Familie. Und wo viel Eigensinn, da sprühen die Funken. Davon kannst du ein Lied singen, viele Lieder: ganze Liederbücher von hundert Jahren Eigensinn, trotz Vorkrieg, Krieg, Flucht und Nachkrieg, Schmerz und Trauer. Mit den Jahren kommt alles wieder zusammen – was da alles zusammenkommt. Und du Hundertjährige, Eigensinnige, öffnest die Arme, nimmst es gelassen entgegen.

51

Abschied nehmen, wenn die Zeit gekommen ist. Abschied von Menschen, die wir kennen, lieben, liebten: ein Blick, ein Händedruck, ein letztes Wort noch. Dann schweren Herzens oder leichten Schrittes weiter. Scheiden tut weh, weiß das weise Kinderlied, sogar vom Winter, doch weil der Frühling kommt, kann das Herz dann wieder lachen. Abschiede von Zimmern, Räumen, Orten: Dort hast du geschlafen, gegessen, getrunken, gespielt, gestritten, geliebt, geträumt. So viele letzte Male im Laufe eines Lebens, früh übt sich. Du ziehst um, ziehst in die Welt hinaus, winkst ein letztes Mal auch den Dingen, die nicht mehr in deinen Lebensrucksack passen: den zu klein gewordenen Schuhen, dem alten Küchenstuhl, dem Baum vor dem Haus. Dann zieht die Zeit dich weiter. Das Erinnern und das Hoffen: Dir bleibt so viel.

52

Perlen auffädeln. Es müssen keine echten Perlen sein, vom Grund des Meeres hochgetaucht. Sondern die unsichtbaren Perlen unseres Lebens, aus Zeit geschliffen, aus Augenblicken, Lachen, Liebe, auch aus Tränen. All die Momente, in denen es dich streift, das Glück: flüchtig, sternschnuppengleich – schon vorbei. Und du hast es gespürt, mit allen sieben Sinnen. Kannst dein Glück kaum fassen, nicht einmal mit Worten. Aber es war da, wahrhaftig. Zu jeder Zeit kannst du diese Perle erneut berühren – und sie berührt dich.

53

Sei verschwenderisch. Wenn alles um dich grünt, blüht und blaut, wenn die Welt dich anstrahlt, leuchtet, lacht, ist es ein Leichtes: selbst zu knospen, zu blühen, sich üppig zu verschwenden und aus vollen Händen zu verschenken. In mageren Jahren wird jede Pflaume gehütet, einzeln goutiert. Sind die Tage kurz angebunden, macht sich selbst das Lächeln rar. Warte nicht auf reichhaltige Zeiten – füll dir die Taschen rund ums Jahr: mit Lichtblicken, mit Worten voll unsagbaren Glücks, gehamstert in den Vorratskammern deines Herzens. Vor-Rat, Vor-Sorgen – die Sprache weist den Weg! Vergiss nicht: Du bist die Quelle für deinen Lebensfluss. Quill über, verschwende, was du entbehren kannst – für andere und für dich selbst. Erst recht in kargen Zeiten, wann denn sonst?

54

Leinen los! Hinaus auf den Ozean des Alltags! Sind wir zu lange schon auf Landgang, in Sonntagsstimmung, fernab von der Routine, meldet sich ein Sehnen: nach dem Normalzustand, dem Auf und Ab der Tage. Mag sein: Sie sind kein Zuckerschlecken, kein netter Segeltörn, oft herrscht Gegenwind, dann wieder Flaute. Trotzdem: Dieser Rhythmus ist uns vertraut. Ein verlässlicher Begleiter – die Reling auf dem Schiff, dessen Maschinenraum wir kennen wie das Steuerhaus, die Kombüse, das Fallreep, die Masten, die Planken, auf denen wir tagtäglich durchs Leben wanken. Nichts anderes erdet uns, erst recht auf hoher See. Drum: Leinen los!

Zu diesem Buch

Seit der Veröffentlichung des Buches „Alltagsrettung“ im Jahr 2010 – 54 kurze poetische Texte, eine für jede Kalenderwoche und zwei extra, für den Übergang – sind viele Jahre verstrichen. Aus Zukunft wurde Gegenwart wurde Vergangenheit; die Zeit an unserer Hand scheint immer schneller zu laufen, und wir mit ihr. Ab und zu entstanden neue Texte, für Freundinnen und Freunde, für die Familie, zu runden und unrunden Anlässen aller Art. In den letzten beiden Jahren nahm die Idee zu einem zweiten Band mit Alltagsrettungen Gestalt an: Worte und Zeilen, geschrieben unter den Vorzeichen der Gegenwart, der Unruhe und Ungewissheit in Zeiten der Kriege am Rande Europas, des durch die Pandemie erzwungenen Innehaltens, der Suche nach neuen Wegen, nach Weite und Zuversicht. Und im Schreibprozess wurde mir klar, dass es noch einmal 54 Texte werden mussten, keiner mehr, keiner weniger, damit es insgesamt 108 Alltagsrettungen sind.

Im Buddhismus und im Hinduismus hat die 108 eine besondere Bedeutung, sie ist ein Symbol dafür, dass alles eins ist. Es gibt 108 Upanishaden, eine Mala hat 108 Perlen, das Sanskrit-Alphabet besteht aus 54 Silben, jede hat eine männliche und eine weibliche Seite. Die 108 begegnet uns ebenso in der Mathematik, der Architektur, der Astronomie, der Physik; der Durchmesser der Sonne ist etwa 108-mal so groß wie derjenige der Erde, der Steinkreis von Stonehenge hat einen Durchmesser von 108 Fuß, und es gibt so viele weitere Beispiele – nichts davon war mir beim Schreiben bewusst, mir war die Zahl vor allem vertraut von den 108 Sonnengrüßen im Yoga zur Winter- und Sommersonnenwende.

Die Ende Juli unerwartet aus dem Leben gerissene Künstlerin Karin Fleischer kannte und schätzte ich seit vielen Jahren. Wir setzten uns Anfang Juli 2022 zusammen, um aus ihrem umfangreichen Werk Zeichnungen oder Radierungen auszuwählen, die für die illustrative Seite der neuen Alltagsrettungen in Betracht kämen. Wir sichteten Arbeitsblätter, erwogen die Möglichkeiten, tauchten wie so oft ein in einen intensiven Austausch. Wir ahnten nicht, dass es das letzte Mal sein würde. Karin fehlt mir. Umso glücklicher bin ich, dass sie in ihren Zeichnungen in diesem Buch präsent ist, Zeichen setzt, lebendig bleibt. Zeit fließt herein, immer.

Mein großer Dank gilt Eva Goroll, die einfühlsam, kenntnisreich und engagiert die Zusammenarbeit mit ihrer Mutter weiterführte, den so jäh zerrissenen Faden wieder aufnahm und dieses Miteinander aus Texten und Bildern möglich machte; Kristina Pöschl und Eva Bauernfeind, die diesen neuen Texten mit unbeschwertem, mutigem, offenem Blick begegneten; Gerd Burger, meinem Lebensgefährten, ein geduldiger, kritischer, ermutigender Begleiter so vieler meiner Texte. Den Titel entlieh ich der Alltagsrettung Nr. 36, vor Jahren geschrieben für die viel zu früh verstorbene Freundin und Malerin Gisela Conrad.

Barbara Krohn

Zu den Zeichnungen

Die Bildende Künstlerin Karin Fleischer war begeistert von der Idee, den neuen Band mit Alltagsrettungen durch Zeichnungen zu ergänzen. Ihr luftiger Strich, ihre Leichtigkeit in den Zeichnungen, ihre lebensfrohe Art, das alles wirkte auf uns sehr frisch und modern – und passend zu den Texten von Barbara Krohn. Bei einem ersten Arbeitstreffen zwischen der Autorin und der Künstlerin im Atelier in Waldetzenberg bei Regensburg wurden Zeichnungen gesichtet und Rahmenbedingungen für die Reproduktion besprochen. Zu einer engeren Auswahl konnte es nicht mehr kommen: Karin Fleischer starb völlig unvorhersehbar Ende Juli 2022 im Alter von 78 Jahren.

Damit stand auch die Arbeit an den Alltagsrettungen für kurze Zeit still. Doch schon wenige Wochen später waren wir in Kontakt mit Eva Goroll, einer der Töchter von Karin Fleischer, ihrerseits mit Kunst, Grafik und Design vertraut. Sie konnte sich vorstellen, dass es auch im Sinne ihrer Mutter sei, das Projekt fortzusetzen. Und sie machte sich an die nicht einfache Aufgabe, deren umfassendes Werk zu sichten und auch für andere Vorhaben ihrer Mutter die Fäden wiederaufzunehmen. Bei mehreren Treffen mit Barbara Krohn wurden Zeichnungen in die engere Auswahl genommen, dann mit dem Verlag abgestimmt. Die meisten der Bilder für das Buch, auch das Titelbild, sind Pastellzeichnungen aus Karin Fleischers Serie „Studies of Takemitsu – music for training and rest“ (2009), gezeichnet auf Japanpapier. Die Bilder entstanden simultan zur Musik des japanischen Komponisten Toru Takemitsu (1930–1996). Karin Fleischer schafft eine enge Verbindung der beiden Kunstrichtungen: Die Dynamik und Ausdruckskraft der Musik finden sich auch in ihren Zeichnungen wieder – weich, fließend und doch klar.

Wir danken ihrem Mann Dr. Michael Goroll und besonders der Tochter Eva Goroll herzlich dafür, dass sie die Zusammenarbeit doch noch möglich machten. So wird dem Zusammenspiel der verschiedenen Künste nun auch die Literatur hinzugefügt.

Kristina Pöschl, lichtung verlag

Barbara Krohn kam 1957 in Hamburg zur Welt. Sie studierte Germanistik und Italianistik und unterrichtete anschließend vier Jahre lang deutsche Sprache und Literatur an der Universität in Neapel. Seither arbeitet sie als freie Schriftstellerin, literarische Übersetzerin und Dozentin für Kreatives Schreiben (Erzählen, Lyrik, Biographie, Reisen). Sie unterrichtet Kinder und Jugendliche an der Regensburger Schülerakademie und bietet Kurse für Erwachsene an.

2002 erhielt Barbara Krohn den Kulturförderpreis der Stadt Regensburg, 2012 den Kunstpreis Literatur der Regensburger Kulturstiftung der REWAG. Zwei Aufenthaltsstipendien des Oberpfälzer Künslerhauses führten sie nach Virginia und nach Kalifornien.

Barbara Krohn ist seit vielen Jahren Mitglied im PEN-Zentrum Deutschland und im Verband deutscher Schriftsteller (VS). Sie lebt in Regensburg und in der Lübecker Bucht.

Karin Fleischer wurde 1943 in Königsberg geboren. Sie studierte Malerei und Druckgrafik an der Universität der Künste in Berlin und war Meisterschülerin bei Prof. Hann Trier. Studienaufenthalte in Wolfsburg und London folgten, zudem zahlreiche Ausstellungen sowie Stipendien in den USA und in Irland. Zu Karin Fleischers Werken zählen abstrakte und gegenständliche Zeichnungen, Tuschen, Druckgrafiken und Installationen.

Bis zu ihrem Tod 2022 lebte und arbeitete Karin Fleischer in Waldetzenberg/Laaber im Landkreis Regensburg.

Inhalt

1 Das Lot neu auswerfen
2 Sich Zeit nehmen
3 Eine Station zu weit fahren
4 Ein Gedicht lernen
5 Ausbrechen
6 Die Orte deines Lebens
7 Ans Meer
8 Die Farben neu sehen lernen
9 Boule-Kugeln
10 Dein Alter Ego zausen
11 Auf dem Rücken liegen
12 Ich möchte einfach alles sein
13 Schweigen
14 Einen alten Hut aufsetzen
15 Die Füße in den Wind legen
16 Am Ball bleiben
17 Viele Wege gehen
18 Im Kleinen zuhause sein
19 Auf den Steg hinaus
20 Lass uns spielen
21 Freundin sein
22 Vom Eckig-Runden
23 Am offenen Fenster sitzen
24 Seite an Seite
25 Die Landkarte neu vermessen
26 Den Zauber bewahren
27 Das Machbare
28 In den Wald

29 Der Alltag der anderen
30 Es ist genug
31 Vom Suchen und Finden
32 Vorlesen
33 Den Lebensweg stimmen
34 Ohne Wenn und Aber
35 Fremdgehen
36 Die Katze in deinem Leben
37 Eintauchen
38 Du Reisender
39 Die eigene Stimme
40 Nichtstun
41 Mit anderen Augen sehen
42 Alt und Jung
43 Alte Freuden neu entdecken
44 Keine Alltagsrettung
45 Übersetzen
46 Weite Tage, enge Tage
47 Ruhestand
48 Den kleinsten Koffer packen
49 Die Spuren auf unserer Haut
50 Hundert Jahre Eigensinn
51 Abschied nehmen
52 Perlen auffädeln
53 Sei verschwenderisch
54 Leinen los

Zu diesem Buch
Zu den Zeichnungen
Autorin und Künstlerin

Barbara Krohn: Im Handumdrehen

Gedichte, mit Fotografien von Michael Bry, Klappenbroschur, 2015, 128 S., 12,90 Euro, ISBN 978-3-941306-17-2

Die Jahre sind verflogen, im Handumdrehen. Sie waren ausgefüllt mit alltäglichen Lebensaufgaben, kreisten um die Arbeit, die Familie, das Heranwachsen der Kinder. So mancher Traum blieb auf der Strecke. Nun ist Zeit für ein Innehalten, eine Bestandsaufnahme mit Blicken zurück und nach vorn.

Barbara Krohn: Alltagsrettung

mit Illustrationen von Susanne Vierheller, Klappenbroschur, 2010, 80 S., 9,90 Euro, ISBN 978-3-929517-92-7

Die 54 kurzen Prosatexte kreisen rund um den Alltag, in den wir verstrickt sind, der uns hindert und aufhält, zugleich aber unser Leben ist. Barbara Krohn findet und erfindet kleine Fluchten mit den Mitteln der Literatur.